新 彩色装饰画设计

徐丽慧　编著

山东画报出版社

图书在版编目（CIP）数据

新彩色装饰画设计/徐丽慧编著. —济南: 山东画报
出版社，2002.9
ISBN 7-80603-668-7

Ⅰ．新…　Ⅱ．徐…　Ⅲ．装饰美术—绘画—技法
（美术）　Ⅳ．J525

中国版本图书馆 CIP 数据核字（2002）第 061770 号

书　名	新彩色装饰画设计	
编　著	徐丽慧	
出版发行	山东画报出版社	
社　址	济南市经九路胜利大街 39 号　邮编 250001	
电　话	总编室（0531）2060055-5420	
	市场部（0531）2053182（传真）2906847	
网　址	http://www.sd-pictorial.com.cn	
	http://www.sdhbs.com.cn	
电子信箱	webmaster@www.sd-pictorial.com.cn	
印　刷	山东新华印刷厂临沂厂	
	（厂址：临沂市解放路 76 号　邮编：276002）	
版　次	2002 年 9 月第 1 版	
印　次	2002 年 9 月第 1 次印刷	
规　格	16 开（889×1194 毫米）	
	8 印张 320 幅图 10 千字	
印　数	1-6000	
ＩＳＢＮ	7-80603-668-7	
定　价	36.00 元	

如有印装质量问题，请与出版社资料室联系调换。

前 言

彩色装饰画、黑白装饰画，都具有很强的装饰性。它们的表现空间大，限制少，表现力丰富，题材也广泛。主要包括人物装饰、动物装饰、风景装饰、花卉装饰、静物装饰等。它可以运用各个画种的工具与材料进行创作。通过巧妙的构思、自由的构图、多变的手法、抒情的色调，以及平面化的处理，最终达到既实用又赏心悦目的装饰效果。

风景装饰的题材非常广泛，树木、山川、乡村、田野、都市等都是描绘的对象。一幅优美的风景装饰画，能使人发现平常在大自然中发现不到的美，不仅看到画中之景，更能感受到景中之情。缺乏意境的风景装饰画是不能引人入胜的，只有将自身的激情、灵感和自然景物融为一体的时候，才能表达出特定的意境。人物装饰是最常见的表现形式，它所表现的内容包括各种形态的人物形象。在人物的表现上，一定要把握好人物的造型、结构和比例，人物造型要优美和夸张。动物装饰所表现的内容包括对可以表现的各种动物的夸张描写，其形象特征、运动及拟人的状态是变化的重点。各类动物有其自身的形象特征，它们奇异的色彩、特殊的结构、多变的形态以及迷人的神情等，也是变化时所要关注和掌握的。花卉包括草本和藤本，花卉装饰应根据自然形象的特征、结构、生长规律进行规范的、有重点的装饰变化。

很长时间以来，彩色装饰画和黑白装饰画在美术院校设计专业里，是作为设计基础开设的。在具体教学中，一是溯源追本，从临摹入手积累经验，逐渐掌握一种造型能力。因为中国传统艺术历史悠久，以其特有的文化内涵和艺术风格闻名于世界，了解并借鉴这一文化遗产，对于今天的创作是很有必要的。二是从写生入手，逐步变化，以达到装饰的目的。先写生后变化，是彩色与黑白装饰画练习的基本功，写生变形是关键、是前提。大自然中的物象是取之不尽，用之不竭的源泉，通过写生，可以认识客观事物并掌握规律，为创作汇集素材。在写生时，可将自然色彩进行归纳处理，练习时只能利用几种简单的色块对其形体进行概括，形成统一的、彩色或黑白色调关系。熟练地掌握这一技巧，

对日后的专业设计是大有益处的，因为这种归纳练习，在很大程度上已属于设计思维的重要组成部分。以临摹、借鉴中外优秀作品所得到的素材，称为间接素材；以写生为手段，直接从自然界中获取的素材，称为直接素材。不论采用何种方式训练，其目的都是通过教与学，使艺术和工艺相结合。

本书冠以"新"装饰画设计，主要是从以下方面考虑的：其一，过去的装饰艺术教学只注重了手头功夫的训练，而现在由于计算机技术的介入，对这一艺术的创新（特别在表现技法上）产生了深远的影响，因而在设计及创作上也随之产生了变化，这些变化，在本书中已有所体现。其二，本书是根据历年来的考试情况，和编者自己的教学实践经验而编写的，具有针对性。读者可以通过看、练、想的过程，逐渐熟悉和运用装饰画设计的基本技法，从而达到运用自如的目的。其三，基本理论知识的讲述简明扼要，系统实用，同时绘制了大量图例，使读者在练习和创作设计时有一个完整的参考和借鉴。

这套彩色、黑白装饰画设计丛书既可作为大中专院校的教材，又可作为美术高考生的考前指导资料，同时还可供工艺美术界专业设计人员参考。值得一提的是，读者在参考借鉴的过程中，要分析该作品的创作思路、创作过程、创作手法以及学习要点等，在学习中思考，在思考中提高。本书如能成为读者的良师益友，使读者在欣赏与学习中得以提高创作水平，是编者的最终目的。

编者
2002 年 7 月 1 日

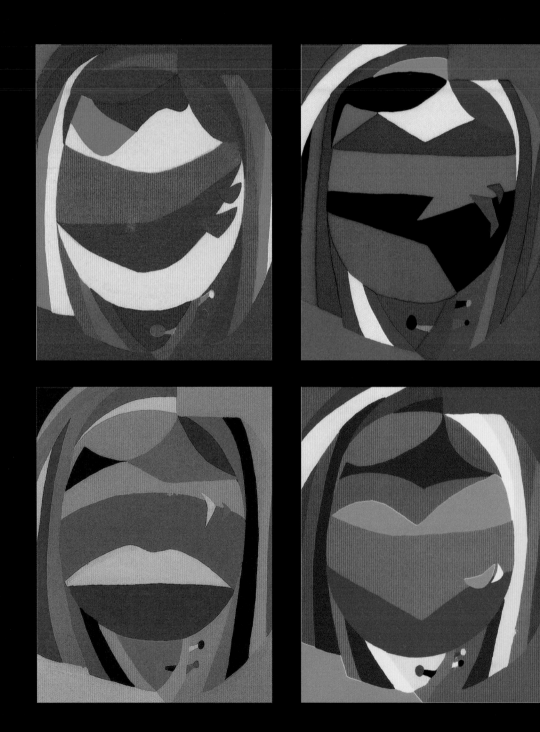

目录

作品提供

郑 军　周玉姣　张 芹　王莉莉　侯琳琳

苑英丽　范祚信　张恒伟　李 丽　任晓微

董亚楠　葛玉全　王文聪　王海城　宗宪超

付海燕　邵 未　侯明慧　徐 薇　邓 云

花村征臣　王法堂

第一章
彩色装饰画设计概述

一、装饰色彩的特点

　　彩色装饰画的色彩，是在写生色彩的基础上，进行高度概括、提炼、归纳、集中和夸张之后，变化出来的色彩，它源于生活，但比生活更强烈、更单纯、更富有主观感情色彩。与一般绘画色彩不同的是，它不受光源色、环境色、固有色的影响，可以根据需要灵活调配，将自然的色彩感受上升到理性，从而使色彩更加理想化。

　　装饰画的色彩具有明确的本质特征和色调明确、色彩单纯的特点。大自然中的色彩关系比较复杂，要想取得装饰美的效果，必须将色彩单纯化，单纯化表现为色彩对比关系的简洁、明快，并富有较强的节奏感。一幅装饰画面，应根据不同的要求，色彩的配置或明朗、或对比、或协调、或艳丽、或柔和，视具体情况而定。每一种色彩，无论是纯色或灰色，都有它特定的含义和美感，色彩的配置以美感为标准，以给欣赏者最大的联想空间。

　　装饰色彩着重发现和研究自然景物色彩的形式美，研究自然色调中各种色相、明度和纯度之间的对比调和规律。然后巧妙利用色彩的明快、协调、富有变化的特点，来突出和加强其装饰效果。在统一的基调里，色彩之间可以通过渐变、对比等形式以形成节奏，最大限度地体现出色彩的装饰美。

　　随着社会的发展，人们的审美观念也不断提高，在新的世纪里，装饰色彩也应体现出新的观念，也就是说要符合时代性，并随着时代的发展而不断创新。另外，装饰色彩应符合不同地区不同场合的不同审美要求，强调以实用为前提，并注重大众的接受心理。

　　装饰色彩，是工艺美术品、包装设计、广告设计、建筑装

饰、服装设计、织绣印染等设计的主要构成因素，它美化了人们的生活，在满足物质需要的同时，也提供了精神上的享受。

二、历代装饰色彩简述

中国的装饰艺术历史悠久，并以其独特的文化内涵和艺术风格闻名世界。了解过去的装饰语言，对于今天的装饰色彩创作是很有必要的，我们应学习和借鉴其精华，并从自然出发，创作出新颖的艺术作品。传统的装饰绘画多姿多彩，杰作不胜枚举，因限于篇幅，只能粗略地勾画出轮廓。

原始时期的装饰色彩，基本以红、黑、白为主，具体体现在碗、盆、罐等器皿上的纹样之中，这些纹样以植物纹、编织纹、几何纹、鱼纹、蛙纹等为主。

春秋战国时期的装饰色彩，主要表现在青铜器、漆器等器皿之上。青铜器的色彩单一，以铜绿色为主；漆器则以红、黑、绿、朱、黄、白等色彩，表现龙、凤、人物等纹样，给人神秘缥缈的感觉。

秦汉时期的装饰色彩，主要表现在画像石、画像砖、织绣、漆器等方面。其中，湖南长沙马王堆一、三号汉墓出土

的帛画，色彩浓艳、构图饱满、线条挺劲而流畅，具有强烈的装饰性。漆器的色彩层次丰富艳丽，形象简朴，构图气势豪迈。画像石、画像砖采用雕绘结合的手法，题材内容十分广泛，形象夸张变形，对后世的装饰绘画产生了巨大的影响。

六朝时期的装饰色彩，主要表现在彩塑佛像、浮雕壁画、藻井图案等方面，纹饰以佛、菩萨、飞天、龙凤、莲花、蔓草、云气等为主。用色主次分明，对比强烈，主要采用青、朱、绿、黄等色彩。

唐代的装饰色彩，以唐三彩最为突出。多彩釉制品"唐三彩"，以青、绿、铅黄等色为主，按物体结构交错流溢，斑斓华丽。在丝织品方面，发明了五彩印染法。另外，唐代的墓室壁画，以陕西乾县永泰公主李仙蕙墓中的为最佳，人物造型丰满生动，线条圆浑、挺劲，色彩对比鲜明，层次丰富。

永泰公主墓壁画(唐)

三彩骑马俑(唐)

宋代的刺绣、缂丝、瓷器等精致独特，纹样以牡丹、莲花、菊、宝相花、龙凤、吉祥文字、人物等为主。其中瓷器的色彩以窑变、珍珠地、天青、影青、黑釉、绘花、色釉等来体现变化，表现出的是雅致、清秀的特点。

元明时期以瓷器、金银器等为主，纹样有植物纹、动物纹、云纹、松竹梅、串枝莲、花鸟等。表现在瓷器上的色彩主要为青花、釉里红。其他工艺品在设色上以重彩为主，常用大红、金、黄、银、宝蓝等色彩。

彩绘女立俑（唐）

描金人物漆碟（明）

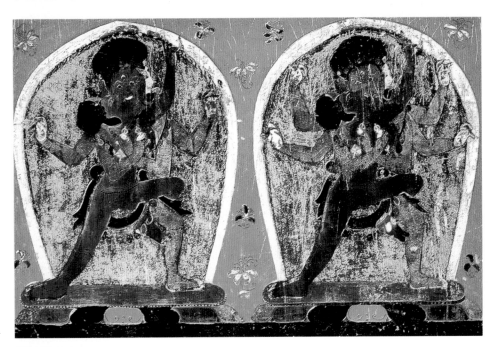

敦煌壁画（元）

潍坊杨家埠年画

清代的装饰色彩，出现了用侧面光和高光的处理方法，施彩五颜六色，清爽秀丽。纹饰主要有吉祥纹样、动植物、人物、山水、禽鸟等内容。另外，民间年画盛行，虽自明代就已具规模，但到了清代则达到了登峰造极的地步，年画的发展，标志着民间绘画向装饰艺术发展。天津杨柳青年画、苏州桃花坞年画、潍坊杨家埠年画等都有着广泛的影响。民间年画风格纯朴、情感真挚、色彩浓烈，具有天然纯朴的装饰效果。天津杨柳青木版年画的艺术特色是色彩艳丽，有的结合粉绘，装饰性较强。苏州桃花坞年画的艺术特色是构图别致，色彩强烈，多采用外国染料，如洋红、洋绿等，一般用五种色或六种色涂染。潍坊杨家埠年画的艺术特色是构图饱满，色彩鲜艳，地方特色较浓，画面具有装饰性。

第二章
装饰色彩的基本原理

一、色彩的产生与要素

关于色彩的产生与要素，各类专著已出版很多，介绍得也很详细，读者可以通过这些书籍获得有关色彩的知识，本书只作简要介绍。

（一）色彩的产生

古代称黑、白为"色"，称青、黄、赤为"彩"，合在一起就是我国早期对色彩的认识。直到十七世纪中期，英国科学家牛顿发现了红、橙、黄、绿、青、蓝、紫的光谱，才奠定了现代色彩学原理的理论基础。光谱的发现是在太阳光通过三棱镜后，白光消失，却在相对的白壁上出现一条色带，经过研究后，发现白色的太阳光是由各种色光合成的结果，这一有秩序的排列的色光称为光带或光谱。光带中各色所占的面积不一，其中以青色的面积为最大，黄色的面积为最小。

有了光才有色彩，晴空万里时，山光水色姹紫嫣红；入夜以后则又是漆黑一片。在没有光的情况下，人的眼睛是不能看到任何物体的，同一光线下，会看到同一物体具有不同色彩，这是因为物体的表面具有不同的吸光与反射光的能力，反射的光不同，眼睛就会看见不同的色彩。因此，人们看见的色彩是经过"光——眼——神经"过程。另外，就光源的存在来说，有发光体与不发光体两种，前者叫自然光源，如太阳、电灯、金石撞击所产生的火花，以及萤火虫等；不能发光者包括山河、大地、植物、动物、人体等。

（二）色彩的要素

当我们看到某一色彩时，往往会提出这样的问题：这是什么颜色？这种颜色是亮的还是暗的？是鲜艳的还是素雅的？这些问题就是色彩的属性问题，也就是所说的色彩三要素。其中第一个要素叫色相、第二个要素叫明度、第三个要

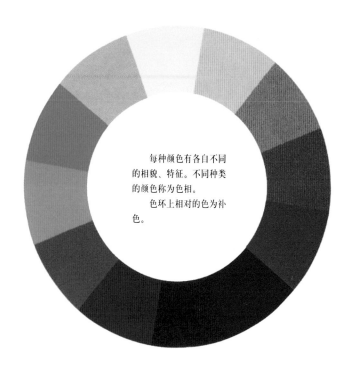

每种颜色有各自不同的相貌、特征。不同种类的颜色称为色相。

色环上相对的色为补色。

十二色相色轮表

素叫纯度。

1.色相

每个色彩都有不同的相貌，给人的感觉也不相同，因此，区别这一色和那一色的名称就叫色相，如红、橙、黄、绿、青、蓝、紫等便是。正是有了这些具有不同特征的色彩，人们才能感受到一个五彩缤纷的世界。通常我们所使用的色彩，虽然种类非常繁多，然而把最重要的色彩合成十二色相，按逆时针方向依次为红、红橙、橙、黄橙、黄、黄绿、绿、蓝绿、蓝、蓝紫、紫、红紫。

2.明度

物体有明有暗，是因光线的照射而产生的，这种明暗现象是构成自然界的立体空间、远近距离等感觉的基本因素。在视觉上明暗是不可缺少的主要条件，因此，所谓明度就是色彩的明亮程度。在色彩的应用上，白色表示最明，黑色表示最暗，从黑到白中间可以划分许多不同明暗的灰色，一般分为五级，即白色、浅灰色、中灰色、深灰色、黑色。

在有彩系中，黄色为明度最高的色，处于光谱的中心位置。紫色是明度最低的色，处于光谱的边沿。一个彩色物体表面的光反射率越大，对视觉刺激的程度越大，看上去就越亮，明度就越高。当两个明色相比，较暗的明色就变成了暗

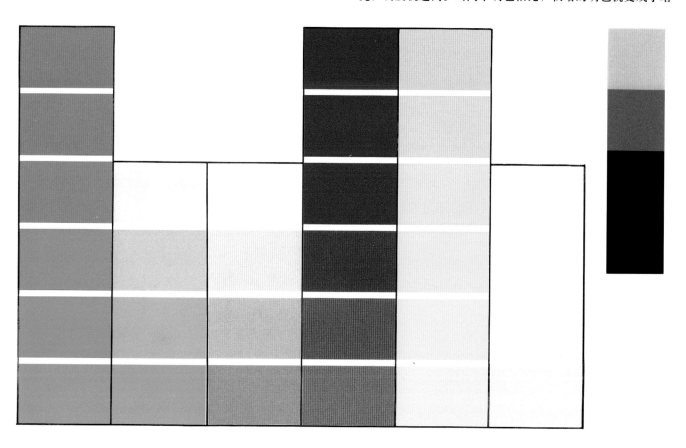

色；两个暗色相比，明度较高的暗色就变成了亮色。

3.纯度

当两色相比较时，除了色相与明度外，还有色彩与色彩之间的鲜艳与淡雅问题，颜色的这种艳雅现象就是所谓的纯度。这种纯度是因色彩的强弱而言，而强弱要视其所含色素的多少来决定的，色素多则强，少则弱。也就是说，色彩的纯度与否，要看所含白或黑色量的多少，如果某种色不含丝毫的黑与白，这种色就是最纯色。越接近灰色的纯度越低，而越接近纯色的纯度越高。

色彩纯度分为五级，即纯色、次纯色、灰色、次浊色、浊色。以太阳光带为例，越接近标准色纯度越高，颜料中的柠檬黄或中黄接近标准色则纯度较高，如果混入其他色彩，黄的纯度便降低了。当绿色中混入白色时，虽然还具有绿色的特征，但纯度降低了，明度却提高了；当混入黑色时，纯度降低了，明度便暗了；当混入中性灰色时，它的明度没有改变，纯度却降低了。

用水粉颜料进行彩色装饰画创作时，颜料在未干时色彩鲜艳，干了以后就会产生色变，这是因为颜料是由分子颗粒组成的，在湿的时候颜料分子颗粒之间的空隙被水分填满，表面变得光滑，色的纯度就显得高；颜料干后水分被蒸发，表

面颜料的分子颗粒变得粗糙，色泽便随之变灰。

二、色彩的原色、间色与复色

（一）原色

所谓原色，是指不能与任何其他两种单色混合而成的色彩。颜料中的三原色为红、黄、蓝，是混合成其他一切色彩的原料，本身不能再分解，三原色等量相加为黑色。在彩色装饰画设计中，常常直接用三原色表现画面，色彩鲜艳，对比强烈。如果用黑或灰色分割画面，则会使画面变得柔和协调。

（二）间色

所谓间色，是由两种原色混合而成的色彩，也称二次色。颜料中的间色是橙、绿、紫三种色彩。红加黄变为橙色，黄加蓝变为绿色，红加蓝变为紫色。

（三）复色

复色又称第三次色，指二种以上的色彩相调和，调和后色彩的纯度、明度都有明显变化，大多呈低纯度的灰性色。例如，橙加绿变成黄灰色，橙加紫变成红灰色，紫加绿变成蓝灰色。任何复色均能找到三原色的成分，如果三原色不是等量相加，便会混合成更多的复色。

第二章　装饰色彩的基本原理

第三章
装饰色彩的象征意义

一、自然色彩

自然色彩是指大自然中自然状态下的色彩。在进行彩色装饰画创作的过程中，首先要对自然色彩进行写生，然后根据写生进行变化。写生色彩是对大自然的直接描绘，写生的练习是提高色彩表现能力的基础，只有在熟练写生色彩的基础上，才能进入装饰色彩的处理。

写实性色彩的写生，是以条件色的运用为特点，例如，光源色、固有色、环境色、空气色等，追求自然的光感和瞬间真实感，通过写生获取灵感并得到启发，以创造出优美的色彩。在每年的时装流行色发布中，许多色彩都是以自然色彩命名的，如宝石绿、翡翠绿、鹦鹉绿、果绿、孔雀蓝、淡黄、杏黄、蕉黄色、桃红、茄色、茶色、沙滩色、枣红色、铁灰、珍珠灰、琥珀色、丁香紫等等。

风景自然色包括天地山水，雾雪彩云等自然现象的色彩。植物自然色包括花草树木、水果蔬菜等的色彩。动物自然色包括鸟羽蝶翅、鱼纹虫斑等的色彩。静物的自然色包括盆盆罐罐、玻璃陶瓷、衬布花果等的色彩。人物的自然色包括肤色服饰等色彩，都是彩色装饰画创作取之不尽的素材。

有时为了创作的需要，在写生时可将自然色彩进行归纳处理，根据美感和情感的需要，在自然原貌的基础上加以变色，从而使自然色彩更加具有情感魅力。如席勒作品中的人物形象常常将面部中的腮红、唇红处理成接近朱红色，从而使画面中的色彩，由平淡乏味变得鲜明突出，并其艺术感染力。

有时根据画面的需要可以将自然物中的某一色块换掉，所换色块是否真实并不重要，只要符合美感即可。换色是根据美感的需要，将不符合设计特点的色块，"无中生有"地把自己

的个性化色彩添加进去，以使作品更充分地表达自己的情感。

例如苏州近郊的许多小镇，如周庄等地，至今仍保留着浓郁的江南水乡的民风，白墙黑瓦，小桥流水，水边住着人家，每当身临其境时，一切美尽在其中。水上的桥、水边的房、水中的船、水里的草，影衬着水边的农妇，既统一又有变化。村妇的秀发挽成大髻，用蓝印花布包裹其上，大襟的布袄、精致的短竹裙、细瘦的中裤、绣花的扎脚裹腿，以及与桃红、翠绿、湖蓝等搭配而成的鞋，一幅迷人的江南风土人情的画面展现在人们面前。

二、象征色彩

当色彩作用于人的视觉时，由于刺激而产生的反映，能激发出其主观情感，又将主观情感赋予色彩，使色彩具有某种象征意义，这种色彩就是象征色彩。象征色彩的心理感应和色彩联想，在彩色装饰画的创作中是十分重要的。

色彩的冷暖感、软硬轻重感、进退涨缩感、兴奋沉静感、活泼忧郁感、酸甜苦辣咸味感、华丽朴素感等，是人类长期的生理感受所积淀的视觉经验，因而具有共通性。最初的色彩联想是同人们周围的客观事物联系起来的，如看到红色便联想到太阳、火的温暖。由于社会的原因，人们对色彩的联想便由具体事物的联想发展成为抽象的联想，如看到红色便联想到革命、热情、危险等，因此人们便以红色的旗帜象征革命，以红色的信号灯象征危险。另外，红色象征热烈、喜庆，如节日的红灯笼、红窗花、红对联，喜庆时的红请帖等。在中国，黄色在古代被视为帝王和宗教的高贵、神圣的象征色，在今天仍被看作是黄土地、黄肤色和炎黄文化的象征色。

在彩色装饰画的创作中，我们应当把握以下几种常见色彩的象征意义，这些色彩的具体联想和意义是通过人们长期的观察而总结出来的，现辑录如下：

红色：使人联想到太阳、火光、红旗、节日、信号、鲜血等，从而进一步联想到热烈、革命、欢乐、喜庆、危险等。

橙色：使人联想到夕阳、光芒、灯光、稻谷、桔柿等，从而进一步联想到温暖、辉煌、富丽、兴奋、活跃等。

黄色：使人联想到柠檬、香蕉、秋菊、枯叶、迎春花、阳光等，从而进一步联想到光明、希望、明快、快乐等。

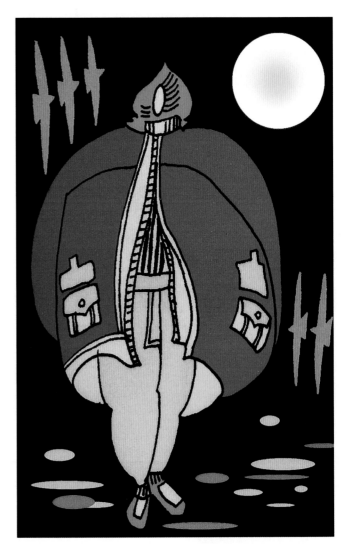

绿色：使人联想到春天、花草树木、青山碧水等，从而进一步联想到青春、生命、生长、和平、清凉等。

蓝色：使人联想到天空、海洋、远山、阴影等，从而进一步联想到平静、清爽、深远、淡雅等。

紫色：使人联想到葡萄、茄子、紫藤，从而进一步联想到神秘、高贵、悲哀、不祥等。

褐色：使人联想到土地、树干、板栗、咖啡、皮毛等，从而进一步联想到厚重、坚实、古雅、沉着、朴素、稳定、力量等。

黑色：使人联想到黑夜、煤炭、墨、葬礼、黑洞等，从而进一步联想到严肃、死亡、罪恶、恐怖、绝望、神秘、高贵等。

白色：使人联想到冰雪、白云等，从而进一步联想到干净、纯洁、神圣、朴素、明亮、飘逸、冷清等。

灰色：使人联想到阴天、乌云、大雾、老鼠、灰烬等，从而进一步联想到平淡、内向、无力、悲哀、消极等。

金色：使人联想到黄金、首饰、果实、秋景等，从而进一步联想到丰收、喜悦、富裕、活跃、华丽、高贵、辉煌等。

银色：使人联想到月光、冬景、白银、铝钢等，从而进一步联想到寒光、明快、柔和、闪烁、沉静等。

第四章
彩色装饰画的基本配色法

一、装饰画的色调

一般情况下，彩色装饰画以表达色彩美感为特点，以表现欢乐、愉快、平静的情感为主，具有赏心悦目的美感效果。其中画面的配色是经过对自然色彩有意识地概括、提炼、加工后的理想化色彩，在色相、明度和纯度之间进行有规律调和，调和后的色彩产生的强弱感、轻重感、冷暖感等形式，构成了色彩的不同调子。色彩不同层次的变化，都可以形成明与暗、冷与暖等某种特定色彩倾向，层次越丰富，对比越强烈，节奏感则越鲜明。

一幅画面在色彩的安排上，任何色块都不能孤立使用，只出现一次，有孤立感；出现两次以上，则能产生呼应关系，这种呼应关系能使色彩之间成为有机整体。

色彩的主与次，也是构成画面色调的主要因素。一幅画面，如果没有主导色，则会显得平淡无奇，主导色能形成画面大的色彩倾向，点缀色虽然面积小，往往能成为画面的色彩中心，是画面色彩的点睛之处，例如在暗浊的色块处，点缀一小块纯色，顿时会有生气。

另外，色彩要有强、中、弱的变化。色彩对比太强烈，给人的感觉是热烈、亢奋、躁动不安；对比太弱，则软弱无力；对比相等，则含蓄柔和。只有将三者有机地结合起来运用，才会有好的效果。例如一幅装饰画如果运用太多纯色，则生硬刺激，当加入一定面积的灰色或浊色时，便会形成强、中、弱的节奏感。在设计时，不同的主题应有不同的旋律，不同的色调则给人不同的美感享受。

二、同类色配合

同类色即同一色相内的变化，如黄色相的柠檬黄、淡黄、中黄、土黄等；红色相的深红、玫瑰红、紫红、粉红、桃红、大红、桔红等。同类色配合，只是有深浅的差别，在表现层次和虚实上存在着明度、纯度的不同变化，具有柔和、单纯、平静的特点，缺点是平淡、单调。如果用黑白两色来加强明度关系的对比，可以形成多层次的色调变化。

在设计中，同类色常用来表现简单的色调。

三、类似色配合

类似色指色轮表中60度至90度以内的色彩，它们既有共同的色素，又有色相上的变化，是色相弱对比的色调。类似色多用于色调统一但又富于变化的画面，相对于同类色的色调，在效果和层次上变得丰富而分明。黄、黄绿、黄橙，或青、青绿、青紫等，都属于类似色。

四、对比色配合

这是指在色环上色相差距大的两色或多色的配合，因配合的色相较远，类似的要素少，所以这种配色会产生鲜明的对比，不容易获得调和。

（一）补色配合

指色环上各色直径相对的两色，也就是指色相距离最远的两色邻接并排，明度与纯度越接近，对比越强烈。如果要使两色并排时有稳定的对比，可在两色之间加黑或白色分割线，也可使任何一方的色彩加黑或白色来控制对比。

互补的两色调和在一起时，所呈现的是灰色，如红色与绿色、橙色与蓝色、黄色与紫色等，都是明显的互补色。

（二）准补色配合

指对比两色在面积、明度、纯度上要有所区别，应注意主色与陪衬色的比例分配关系，以及明色与暗色或强色与弱色的配合等等。一般情况下，主色在画面中起主导作用，我们看一幅画是冷调或暖调，判断的根据往往是看哪种色占的面积大。

（三）三角对比色配合

指色环上构成一个正三角形关系的任何三色的配合。例如红紫、黄、青绿或红、黄绿、青等，这种配合方式常会产生鲜艳夺目的画面效果。

（四）四角对比色配合

指色环中构成一个正方形的四种色彩之间的相互配合，如红、黄、青绿、青紫等，这种配合的色调，具有温和、平凡、雅致的特点。

五、中性色配合

中性色主要指黑、白、灰、金、银等色，在彩色装饰画中多用来协调各种明度、纯度、对比度的关系，在画面构成中起着比较重要的作用。

有时将土黄、土红、土绿、赭石等色称为灰色。灰色不是脏浊色，而是具有色彩倾向的颜色。灰性色调配方法有加白（纯色加白）、加黑（纯色加黑）、加补色（如大红加绿）、一纯一灰相调（如大红加土红），以及直接用现成色彩（如土红、赭石）等。

以中性色为主配合的画面，具有优雅的美感。

第五章
彩色装饰画的构图

　　构图，又称布局，是指在特定的画面中有意识地安排形象的位置、大小、主次、呼应、对比等关系，以期取得有机的整体艺术效果。

　　彩色装饰画构图的最大特点是平面性，画面形象不追求立体感，没有远景和中景，形象都是近景或接近近景。可根据主题要求将形象任意布局，也可把平视、俯视、仰视的形象并列在一起，将古今中外不同时空的形象组合在一起，或者把具体形象和想像形象结合在一起。

　　彩色装饰画的画面幅式主要有圆形、正方形、横带形（三个以上正方形连接而成的长条形，多用于壁画）、纵长方形、横长方形等。构图框架线主要有垂直线、水平线、对角线、弧线、十字线、波状线等。

一、程式体构图

　　表现为主题形象安排在画面的中心位置，左右或上下安排与主题形象相关联的次要形象 。一般由几何形的骨骼线构成画面的格式，然后在划分后的格式内组织纹样。基本骨骼线有轴心线、平行线、对角线等。

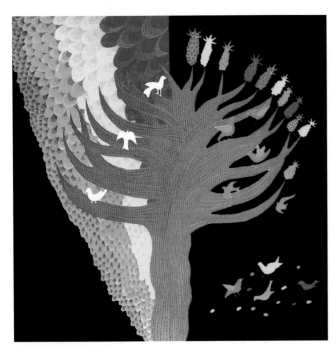

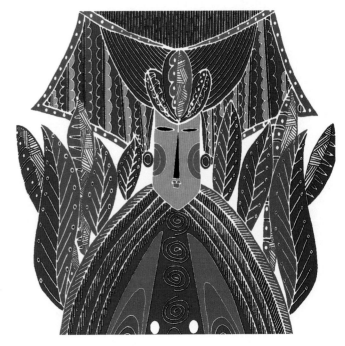

二、平视体构图

　　这是一种较为自由的构图方式，画面中所有的形象一律平视，不受时空的局限，物象互不遮掩、重叠，既可重复，又可任意伸展连续。如汉代画像砖、画像石、剪纸、剪影等，均采用平视体构图表现物象。

画像石（汉）

画像石（汉）

画像砖（汉）

三、满幅式构图

"满"是彩色装饰画的一大特点，构图满、形象满、色彩满，几乎不留背景空白，疏密安排比较均匀。

在具体设计中，要注意满中求序，使构图具有内在的秩序美，切忌杂乱无章。我国传统艺术中的敦煌壁画、永乐宫壁画等多采用满幅式构图。

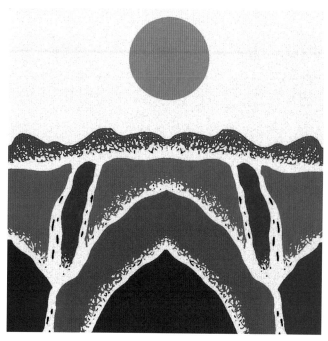

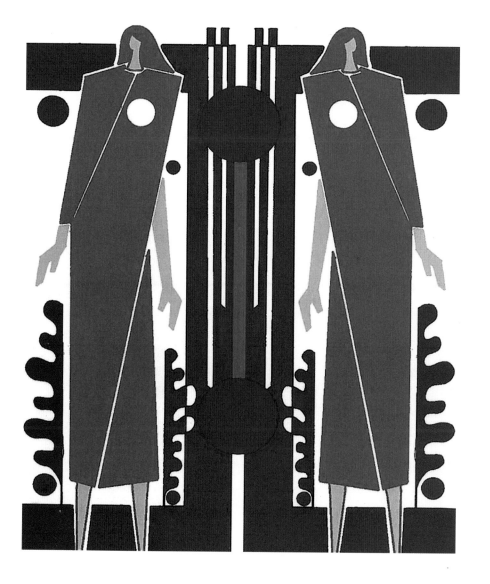

四、对称式构图

　　这是一种常用的构图形式，指中轴线两边的形象作对称的排列组合，既有自身形象的完美性，又体现了构图上的独立完整性。对称式构图给人一种安定感和统一感，但必须注意调整上下、左右的动势，以避免拘谨和刻板。

五、平衡式构图

平衡式的构图,是依据中轴、支点,靠重心保持平衡,以求得同量不同形的组合状态。平衡式构图自由生动、活泼丰富,具有现代羊感。

六、适形构图

在事先界定的装饰空间内，将所要表现的物象安排于其中，要巧妙变形，以适合外形。这种构图形式因没有多余的空间，形象一般比较集中，视觉冲击力也比较强。例如中国秦汉时期的瓦当、希腊瓶画等常用适形构图表现物象。

青龙、白虎瓦当(汉)

第六章
彩色装饰画的表现方法

一、工具与材料的使用

　　彩色装饰画的绘制，工具与材料是必不可少的，不同的工具和材料能绘制出截然不同的画面效果。

　　纸张：首先要准备好草图用纸，白报纸、复印纸均可。硫酸纸是用来拷贝画稿的，素描纸、白卡纸、灰卡纸以及各种色纸等均可以绘制正稿。

　　颜料：彩色装饰画的绘制一般使用水粉颜料，水粉颜料有瓶装和管装两种，具有覆盖力强，修改方便的特点。水彩颜料透明度好，上色时可层层覆盖，画面中可以出现深浅变化及透叠等效果。另外还有丙烯颜料、油画颜料及各种色笔等均可使用。

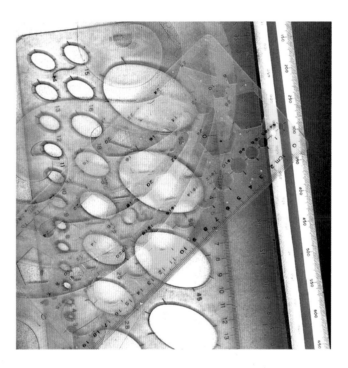

　　笔具：主要笔具包括衣纹笔、白云笔、水粉笔等。衣纹笔、叶筋笔笔锋细而长，弹性较好，适合勾线及小面积涂色。狼毫、紫毫、羽箭等笔锋细小，毛柔软，适合勾线和描画精细部位。白云类毛笔毛质柔软，含色量多，适合涂大面积色彩。底纹笔、水粉笔等笔锋较宽，可涂刷底色及大面积色块。

　　器械类：圆规用于画各种圆和弧，鸭嘴笔、直尺、三角尺用于画直线。

二、彩色装饰画的表现方法

彩色装饰画的表现方法很多，包括剪影法、剪纸法、点绘法、线绘法、面绘法、平涂法、透叠法、空间混合法、推移法、脱胶法、晕染法、拼贴法、肌理法、玻璃拼镶法、电脑处理法、纸雕法、沥粉堆砌法、镶嵌法、木质材料雕刻法等等。下面选取几种方法以供参考。

（一）剪影法

这是一种利用单色表现物象的方法，只表现外形轮廓的变化，无结构细节的描绘，留给人们更多的想像空间。剪影法具有语言简练、内涵丰富的特点，有时可在影像的基础上透出部分具有典型特征的结构关系，以加强特征和美感。

外国剪影

（二）剪纸法

剪纸是用剪刀剪或用刻刀刻，是我国民间传统的装饰艺术之一。剪纸具有极高的概括性，结构清晰，造型朴实，有单色剪纸、套色剪纸、染色剪纸等。单色剪纸的颜色常见的有红色、黑色等；套色剪纸有整体套色和局部套色两种，方法是将剪好的作品贴在白纸上，然后用毛笔涂色；染色剪纸是在剪好的作品上渲染着色，有强烈的民族特色。

剪纸的制作方法一般是先里后外，先上后下，先左后右，先密后疏。剪纸讲究线条的连贯性，通过正负形的变化，体现平面装饰的美感。

中国民间剪纸

（三）点绘法

点的形状有规则形和不规则形两种，规则形的点可借助仪器画出，形状可方可圆；不规则形的点多用手绘，也有意外出现的自由形的点。在色彩的处理上，相近色并置时具有稳定感，两色对比时具有强烈的刺激感，各种颜色的点并置在一起时，又可产生"空混效果"。

（四）线绘法

线具有粗细、刚柔、曲直的变化，可以表现不同物象的性格特征，具有很强的装饰性。线有方向性，起着收缩或延伸的作用，另外还有分割画面的作用，画面一经切割就形成不同的面积。

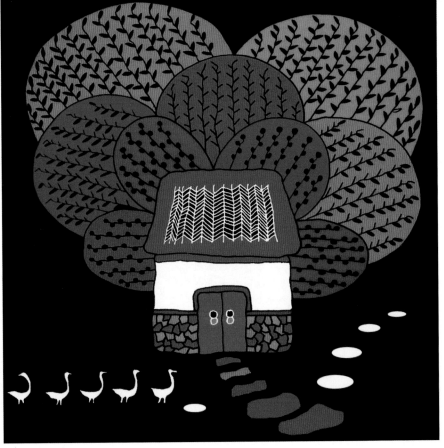

（五）面绘法

面的主要特征是具有幅度和宽度，在彩色装饰画设计中，通常指画面的整体效果。缺乏"面"的作品，整体会有零乱破碎的感觉。规则形的面，给人以端庄之感；不规则形的面，给人以动感。如果将点、线、面结合运用，形体空间则会更加生动，层次也会更加丰富。

（六）平涂法

　　根据画面色块的分割，将各种色彩平涂于其中。这种方法构成的画面，色块界限明确，衔接自然。涂色时各种色彩必须均匀。

（七）透叠法

　　自然界中，许多形象往往互相遮挡，不能看到完整的形象。在彩色装饰画中，可以将两个以上的形象重叠排列，通过重叠可以显示各自形象的完整性。在色彩的运用上，两种色彩相调和，产生第三种色彩，这第三种色彩给人一种变化莫测的视觉效果。

（八）空间混合法

　　当两种以上的色彩并置时，在一定距离外观看，会给人一种新的色彩感觉，这种以空间距离产生出新色的混合方法，称为空间混合法。现实生活中，利用空间混合成像的例子很多，如印刷技术中的分色制版，即把所要印刷的图片，分成红、黄、蓝、黑四色网版，印刷完毕后，一部分网点重叠起来，在视觉上便发生色彩混合，这种混合只有通过放大镜或经复印机反复放大之后，才能看清其网点的排列。

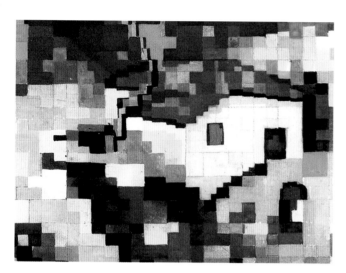

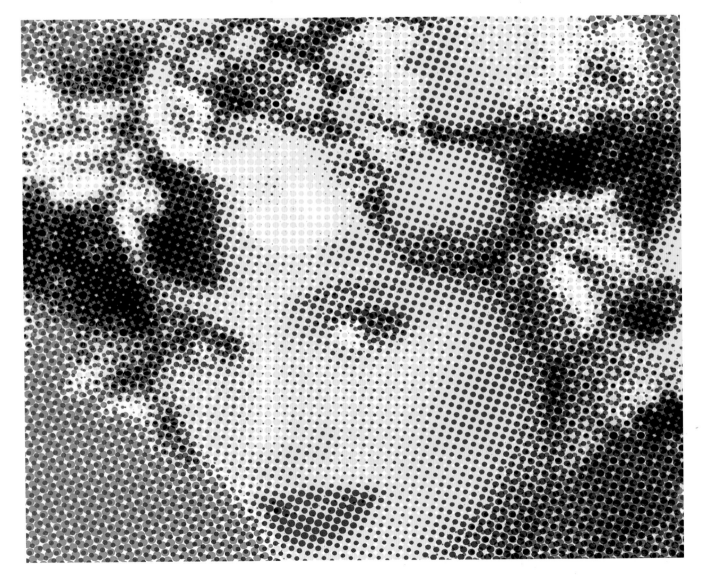

新彩色装饰画设计

（九）推移法

推移法可分为明度推移、纯度推移和互补色推移等。明度推移可分单色明度推移和多色明度推移，其中单色明度推移是以一种颜色分别调入不等量的白色或黑色，以求得多层次的变化。纯度推移分高纯度推移、中纯度推移和低纯度推移三种。高纯度推移可选择从红至黄或从黄至绿等，可加入少量白色以增加推移的层次。中纯度推移可根据需要加入一定量的其他色彩，其目的是让高纯度色彩变得柔和一些。低纯度推移基本上属于灰色系的推移，调色时只要保持原有色的色相即可。互补色推移指从一种色过渡到它的补色，如黄与紫，可先从黄开始加入少量紫色，逐渐加大紫色量，直至推移到紫色。推移过程中根据需要可加入少量白色，以求得明快的效果。

（十）脱胶法

先用胶水画出纹样，待胶水干后，用棉花或海绵等物蘸色擦遍整个画面，在色彩未干时，即用水冲刷画面，有胶水的地方便显示出纹样。

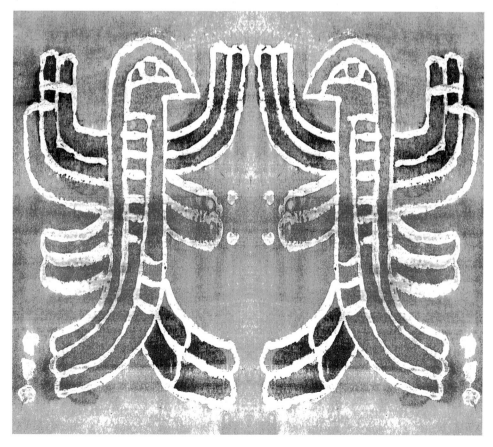

（十一）晕染法

这种方法主要表现物体从明到暗的变化过程，既有色彩的光影效果，又有装饰性。我国传统绘画中运用这种方法，创造出了烘染法和退晕法。烘染法的做法是先在需要染色的地方上涂上一层淡淡的底色，然后根据设计要求，在一端开始上色。上色时要用另一支清水毛笔在颜色未干之前进行烘染，要求色调由深而浅，明暗变化过渡自然。退晕法也叫叠晕法，是以色阶和层次的变化来进行的，以平涂的方法施色，由深到浅进行色彩推移，它在总体关系上具有"晕"的装饰效果。退晕法在我国传统建筑的彩绘部分、刺绣工艺等都广泛应用。

美国插图

建筑彩画

（十二）拼贴法

这种方法是利用各种材料的废料，如色纸、旧挂历、碎布片、树叶、木片、刨花、树皮等，经裁剪后拼贴成各种装饰画。由于各种材料的质地、色彩等不同，拼贴后的画面能产生丰富多彩的装饰效果。拼贴后的形状，不求形似，强调的是材料的巧妙利用，通过代用、借用的手法来唤起人们的联想。另外，要避免用原材料来表现原材料。

（十三）肌理法

肌理是由材料本身的组织构造所产生的表面质感。如植物的叶子由叶脉等组织结构形成纹理，可在叶子的背面涂上色彩，然后用纸覆盖并挤压，有叶脉组织的地方，色彩便会印在纸上，形成肌理效果。

各种肌理主要靠拓印的方法获取，主要有植物肌理的拓印、纺织品纹理的拓印、树木纹理的拓印、水面油与色流动效果的拓印等。

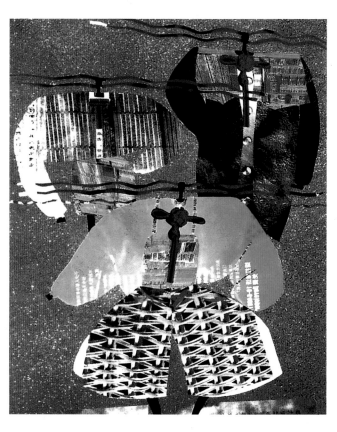

（十四）玻璃拼镶法

这种方法是依靠有色玻璃裁切成各种形状的色块，然后组成形象。要求形体比较单纯，多角的、曲折复杂的形体不宜裁切，要少用，色彩多用透明的红、黄、蓝、绿等原色。另外，连接各小块玻璃间的金属条也应考虑，这种不透明的线条本身具有结构美。（本页上图为玻璃拼镶实例）

（十五）电脑处理法

随着时代的发展，人们开始广泛地应用电脑去进行彩色装饰画设计处理。与传统绘画方式相比，其优越性十分明显，不仅没有调色、洗笔的麻烦，而且在对组织渐变、重复、换色、拉长、压缩等效果时十分方便。有时同一画面，可以同时采用各种处理方法进行处理，使画面色彩更丰富，形象更奇特，效果更完美。（本页下图为电脑处理的装饰画）

 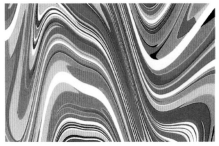 

第七章
彩色装饰画设计参考

一、人物装饰画参考

新彩色装饰画设计

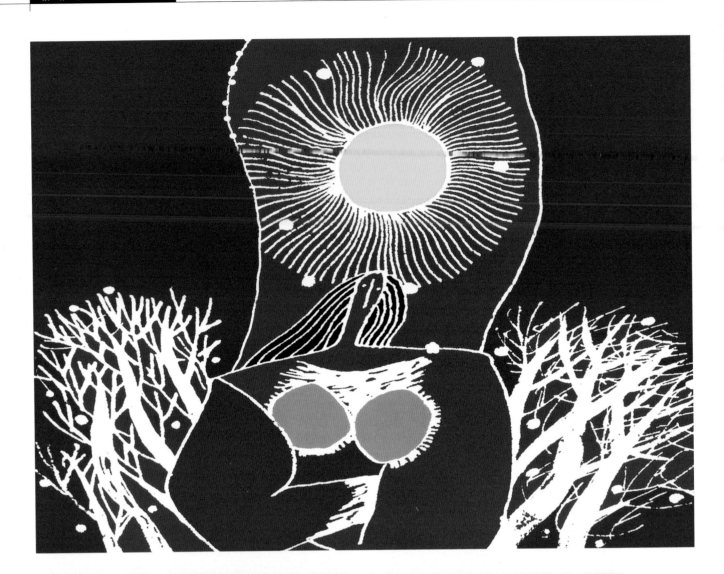

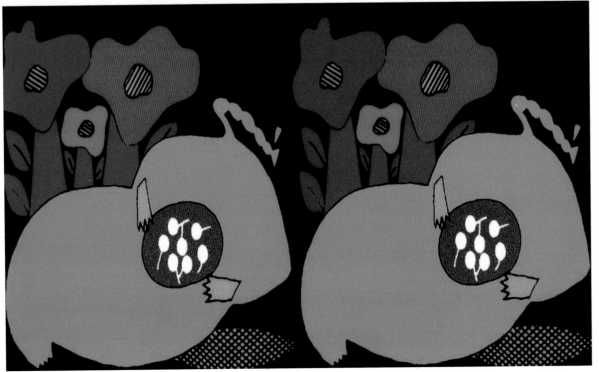

新彩色装饰画设计

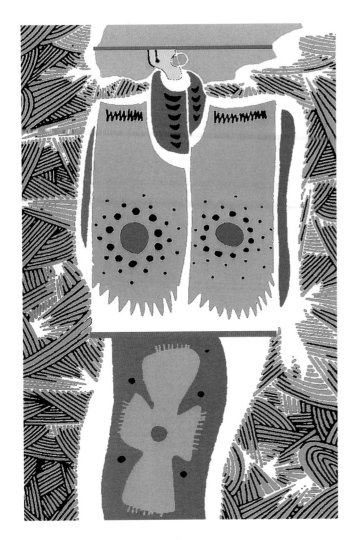

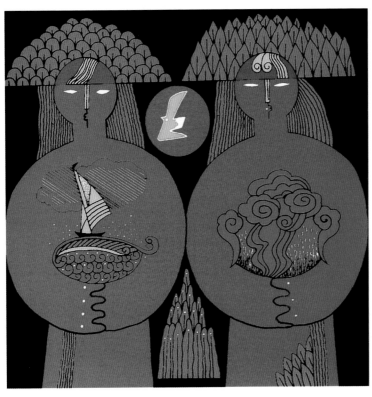

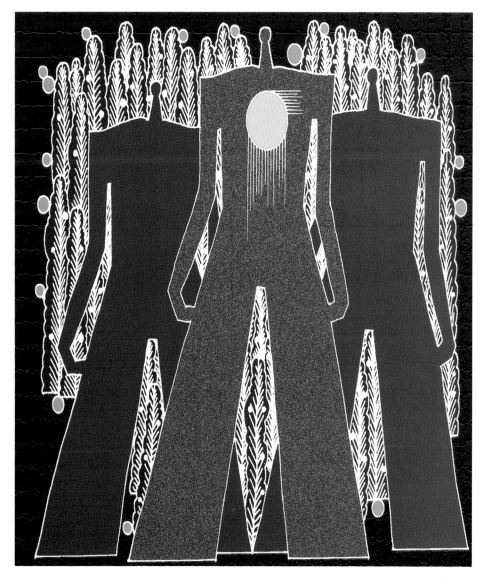

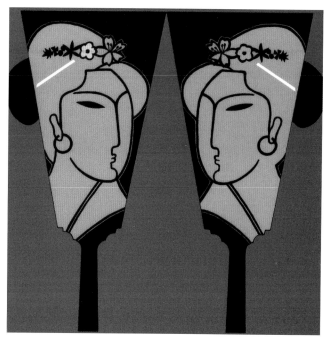

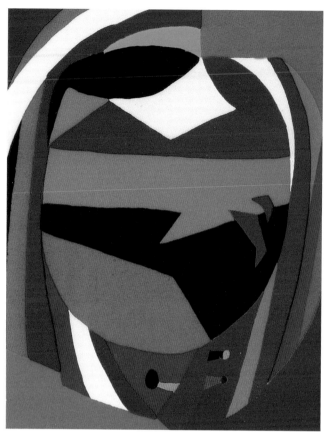

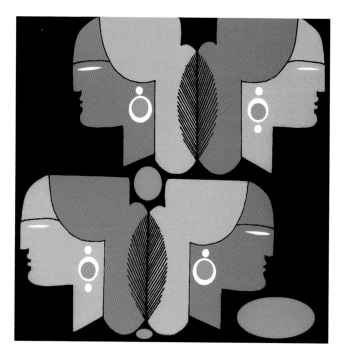

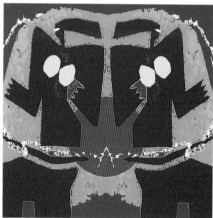

莫迪里阿尼〔意大利〕

莫迪里阿尼〔意大利〕

克里姆特〔奥地利〕

康定斯基〔俄罗斯〕

俄罗斯装饰画

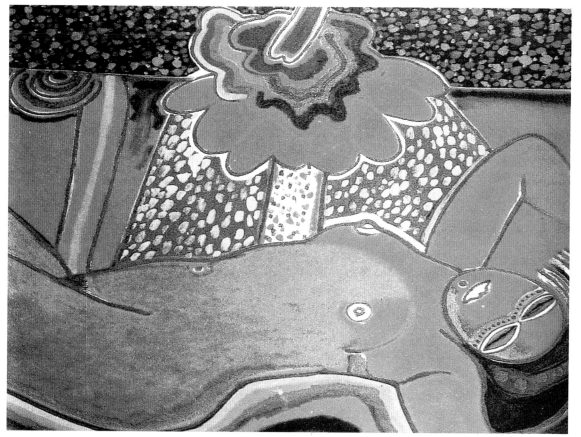

法国装饰画

非洲装饰画

非洲装饰画

二、动物装饰画参考

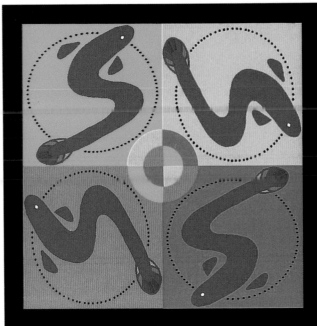

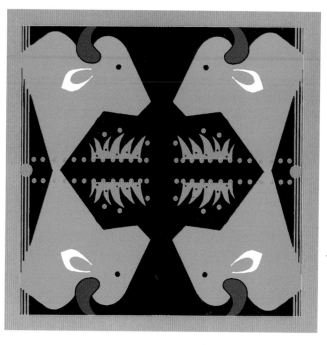

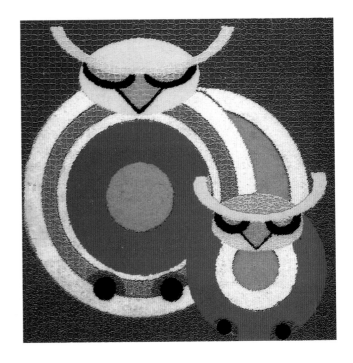

三、花卉装饰画参考

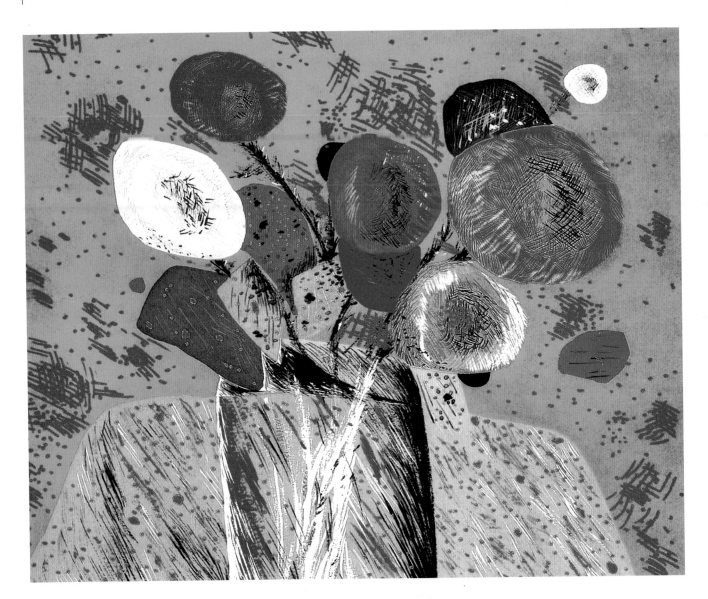

四、风景装饰画参考

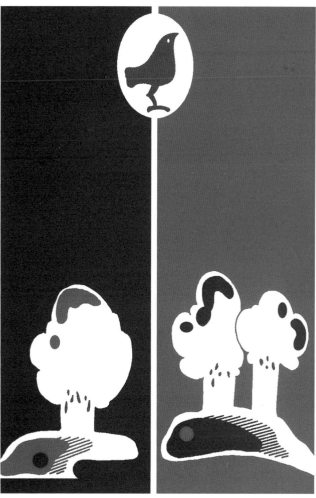

新彩色装饰画设计

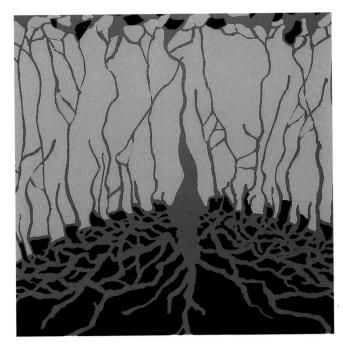

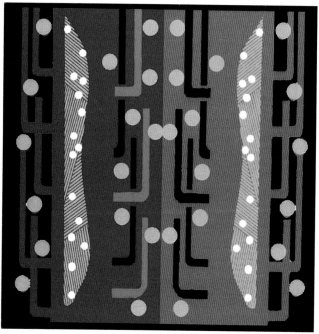

康定斯基〔俄罗斯〕

五、静物装饰画参考

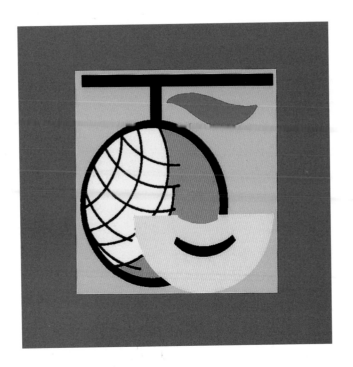

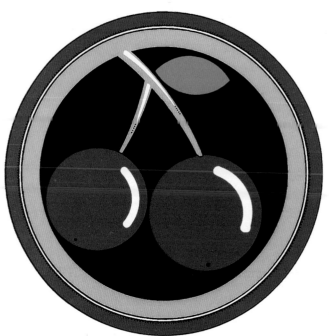

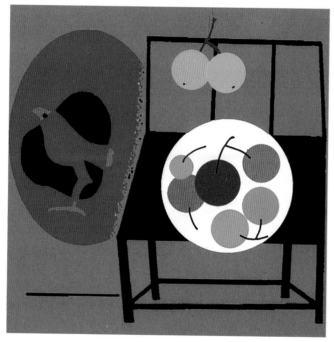

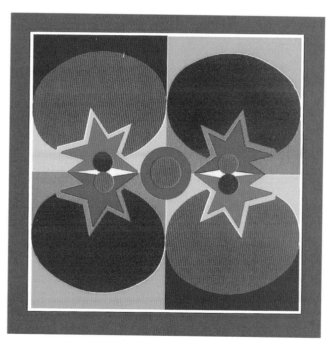

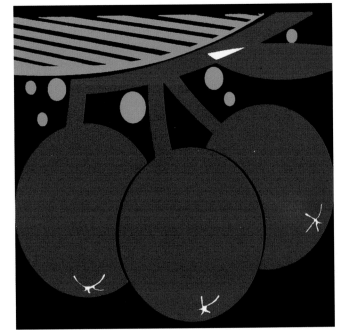

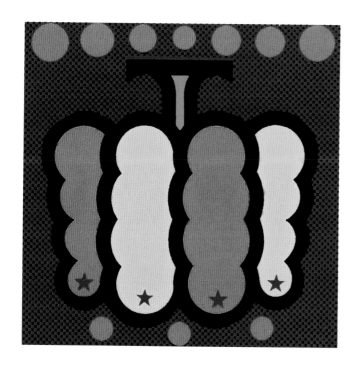

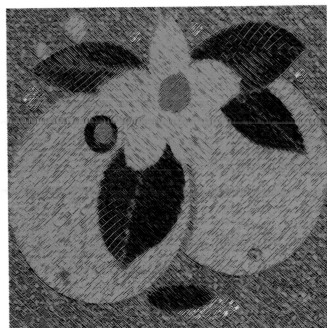

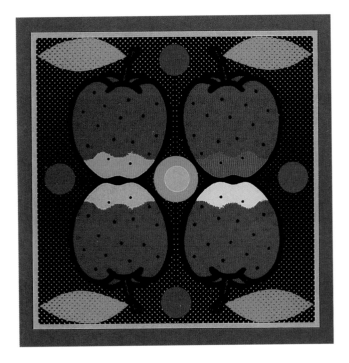

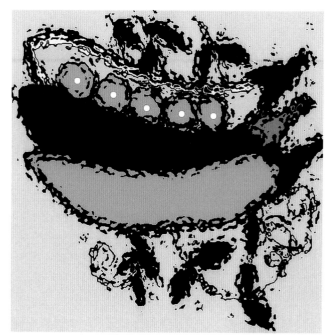

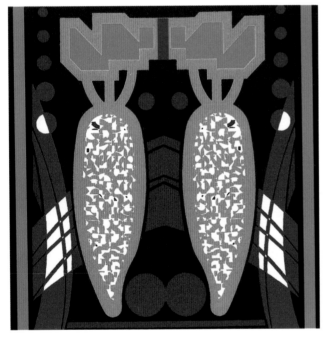

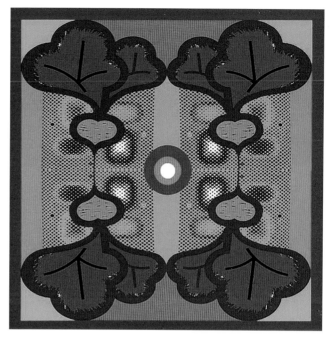

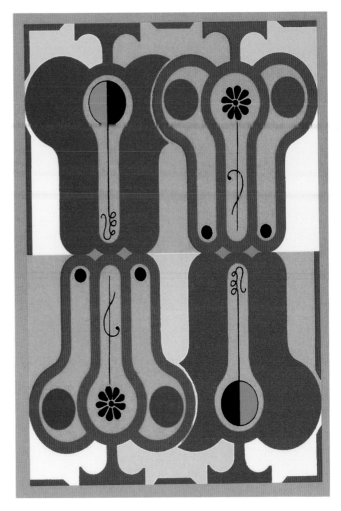

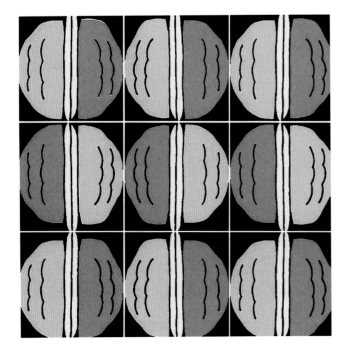

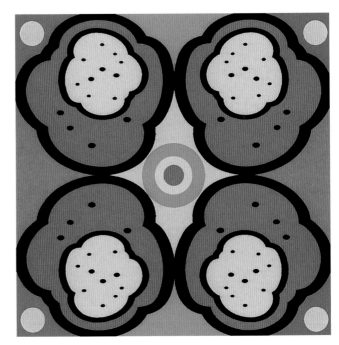

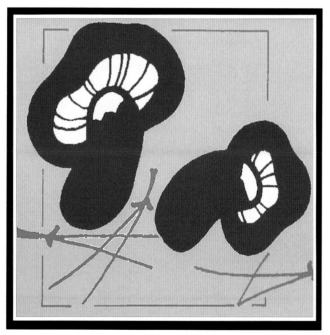

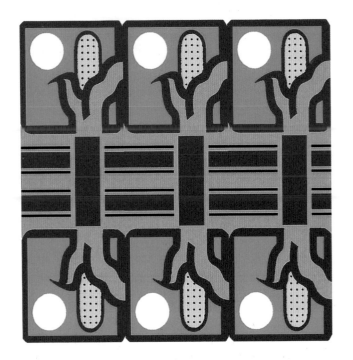

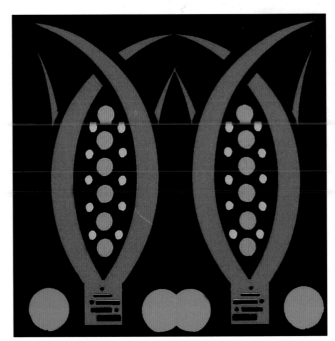

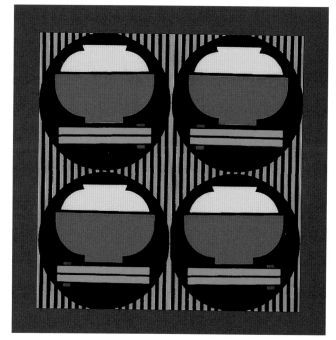